기다리고 있어요!

구름이

SOS 안락사 예정

· 성별: 암컷
· 몸무게: 21kg
· 나이: 3세
· 중성화 수술: X
· 성격: 온순하고 사랑스러움.
· 특이 사항:
앉아, 엎드려, 기다려,
하우스와 같은 훈련이
잘되어 있어요.
애교가 많아요.

SOS 안락사 예정

코코

· 성별: 수컷
· 몸무게: 20kg
· 나이: 2세
· 중성화 수술: O
· 성격: 겁이 많지만
애교가 많음.
· 특이 사항:
엄마와 오 형제가
함께 보호소에 들어왔어요.

해피

SOS 안락사 예정

· 성별: 수컷
· 몸무게: 32kg
· 나이: 6세
· 중성화 수술: X
· 성격: 순둥이.
· 특이 사항:
덩치가 크지만
사람을 좋아하고
다른 아이들과도
잘 어울려 놀아요.

콩이

SOS 안락사 예정

· 몸무게: 5.5kg
· 나이: 5세
· 중성화 수술: O
· 성격: 점잖은 성격.
· 특이 사항:
산책을 좋아해요.
배변 훈련이 잘되어 있고
사람을 잘 따라요.

글 · 그림 **김현주**

제가 처음 만났던 그림책은 아빠가 선물해 준《피터 래빗 이야기》입니다.
부모님이 사다 주신 그림책을 읽던 어린이가 엄마가 되어서는 아이들에게 그림책을 읽어 주었고,
지금은 나를 위한 그림책을 고르고 있습니다.

그림책은 어린 나를 키운 가장 작은 거름이자, 지금의 나를 지켜 주는 가장 커다란 그늘입니다.
지금도 물뿌리개 속에 숨어 있는 피터 래빗의 모습을 생각하면 가슴이 콩닥거리곤 합니다.
그림책이 당신에게도 기억에 남는 한 장면을 남겨 줄 수 있다면 참 좋겠습니다.

그린 책으로《초코칩을 심으면》이 있고, 쓰고 그린 책으로《우리 모두의 하루》,《그네》가 있습니다.

행복해지는 방법은 있어!

ⓒ 김현주 2024

발행일 초판 1쇄 2024년 3월 15일

글 · 그림 김현주
편집 스튜디오플롯
디자인 꽁디자인
펴낸이 김경미
펴낸곳 숨쉬는책공장
등록번호 제2018-000085호
주소 서울시 은평구 갈현로25길 5-10 A동 201호(03324)
전화 070-8833-3170 팩스 02-3144-3109
전자우편 sumbook2014@gmail.com
홈페이지 https://soombook.modoo.at
페이스북 /soombook2014 트위터 @soombook 인스타그램 @soombook2014

값 16,000원
ISBN 979-11-86452-96-7 04800 | 979-11-952560-5-1 (세트)
잘못된 책은 구입한 서점에서 바꿔 드립니다.

숨쉬는책공장 너른아이 시리즈는 가려져 잘 보이지 않는 세상 이야기를 구석구석 들춰 살펴봄으로써,
아이들이 스스로 넓은 시각을 가질 수 있도록 돕는 그림책 시리즈입니다.

숨쉬는책공장 너른아이 12

행복해지는 방법은 있어!

김현주 글·그림

숨쉬는
책공장

'익숙한 냄새와 점점 멀어져 여기까지 왔다.
나는 또 어디로 가는 걸까?'

내가 하는 이야기 잘 들어 봐.

이제부터 이곳에서 행복하게 사는 방법을 알려 줄게.

우선 주변부터 구석구석 살펴야 해.
분위기 파악이 중요하거든.

으르렁!

주변 개들이 짖더라도 무조건 따라 짖지 마.
사람들은 시끄러운 걸 싫어해.

맛있는 냄새가 나더라도
참을 줄 알아야 해.

저건 무슨 맛일까?

중요한 것들은 모두 담요 밑에 숨겨.
나중을 위해서 말이야.

사람과 눈이 마주치면 촉촉한 눈빛으로 바라봐야 해.
억지로 하품이라도 해서 말이야.

영원한 친구도, 영원한 적도 없어.
우리에게 '평생'이란 말은 무의미하거든.

포기해야 하는 건
빨리 포기해야 마음이 편하지.

너를 쓰다듬어 준다고
너만 사랑할 거란 착각은 버려.

미리미리 자리 잡고
준비해야지.

아저씨 차례 오려면 멀었어요.

자기 관리를 철저히 해야 해.

몸이 커지면 가족을 만나는 일이 어려워지거든.

만남과 헤어짐에
익숙해져야 해.

네 차례가 언제 올지는 아무도 몰라.
나는 이제 갈 때가 됐어.

안녕.

너도 가족이 생길 테니 실망할 필요 없어.
기다리고, 기다리다 보면 언젠가 그날이 올 거야.

"내가 하는 이야기 잘 들어 봐.
너희 셋, 이제부터 이곳에서 행복하게 사는 방법을 알려 줄게!"

우리처럼 사람들이 행복해지는 방법은 딱 한 가지.
그건 바로, 서로 가족이 되는 거야.